親愛的鼠迷朋友，
歡迎來到老鼠世界！
這裏精彩絕倫，奇妙無比！
你們一定能夠在這裏盡情享受。
嘿嘿，這可是史提頓說的！

謝利連摩・史提頓
Geronimo
Stilton

老鼠記者 105

驚險密室逃脫
Attenti al topo!

作　　者：Geronimo Stilton　謝利連摩·史提頓
譯　　者：陸辛耘
責任編輯：胡頌茵
中文版封面設計：許鍩琳
中文版美術設計：劉蔚　羅益珠
出　　版：新雅文化事業有限公司
　　　　　香港英皇道499號北角工業大廈18樓
　　　　　電話：(852) 2138 7998
　　　　　傳真：(852) 2597 4003
　　　　　網址：http://www.sunya.com.hk
　　　　　電郵：marketing@sunya.com.hk
發　　行：香港聯合書刊物流有限公司
　　　　　香港荃灣德士古道220-248號荃灣工業中心16樓
　　　　　電話：(852) 2150 2100　傳真：(852) 2407 3062
　　　　　電郵：info@suplogistics.com.hk
印　　刷：中華商務彩色印刷有限公司
　　　　　香港新界大埔汀麗路36號
版　　次：二〇二三年四月初版

老鼠記者
Geronimo Stilton

驚險密室逃脫

謝利連摩 · 史提頓
Geronimo Stilton

新雅文化事業有限公司
www.sunya.com.hk

目錄

小麵條

謝利連摩的寵物小狗。

蕾貝拉 · 強壯鼠

謝利連摩的鄰居，
經營一家事務所，為鼠民解決難題。

朱尼爾 · 頂智鼠

老鼠島上最厲害的解謎高手。

奧提克斯

著名魔術師，
其電視節目深受鼠民喜愛。

跑不動啦！

各位親愛的鼠民朋友，你們知道，怎樣開始新的一天才最美好嗎？答案就是……在清晨的妙鼠城公園裏盡情跑上幾圈，大口呼吸新鮮空氣！嘿嘿！沒騙你們的！我用乳酪向你們保證！

對了，你們知道這是誰教我的嗎？

是小麵條！牠很喜歡在公園裏奔跑呢！

啊！差點忘了告訴你們，小麵條是我的寵物

9

小狗……你們想知道，我為什麼會給牠起這個名字嗎？

啊哈，看看牠的模樣就知道了嘛：一身又長又直的**毛髮**，就像

牠是我從妙鼠城狗隻收容所裏精心挑選的呢。沒過多久，我倆就成了好朋友！

小麵條自從和我一起生活，每天牠剛一醒來，就會蹦到我牀上，舔我的臉蛋，然後把**狗繩**叼到我面前……這是在提醒我，該去公園跑上一圈啦！

那天早晨，我們如常七點準時出發了。天氣冷極了，哎呀呀，簡直**凍死鼠啦！**可是我依然精神抖擻，直到……小麵條突然撞到我，害得我被狗繩絆倒。

「**砰嘭！**」我的腦袋狠狠砸在地上，不禁怒吼：「啊呀，你就不能小心點嗎？哼，以後再也不帶你出來了！」

可是牠卻**搖起尾巴**，舔了

11

舔我的臉蛋。唉，你們看看，有這樣的朋友，還怎麼可能生氣嘛！

於是，我只好從地上爬起，開始跑步。

那天，我看見沿途到處是宣傳海報，上面寫着：「小心老鼠！」原來，就在那天，有一家新的「密室逃脫」即將開張。

你們知道什麼是「密室逃脫」嗎？這種遊戲十分流行啦！參加者都被關在一間封閉的房間，必須解開一系列謎團，才能找到唯一的出口。通常這個遊戲都是組隊參與的。

突然，我注意到一個細節：在海報上出現了奧提克斯的名字。要知道，他可是老鼠島上最有名的魔術師呢！

就在前一天晚上，我還剛看過他的電視節目：*奧提克斯魔法秀*。

他擅長許多不同凡響的魔術特技表演，

比如在水中行走、從地底冒出，還能從禮帽裏變出一片片乳酪……

他是個很奇怪的傢伙，總是説個不停，而且句句押韻。此外，他出場和消失的時候，總是被**一團煙霧**圍繞，閃着華麗奪目的金光。

因此，奧提克斯被稱為

史上
最偉大
魔術師

不過我想，是不是有點言過其實了呢……

這時，我的思緒被小麫條打斷了。只見牠突

然停了下來，這裏聞聞，那裏嗅嗅。

經過一段時間的相處，我已經越來越了解這隻小狗，於是對牠說：「你是不是又聞到了你**四爪朋友**的氣味？可是我們不能停下！我們得先去公園！」

只見小麪條瞪大雙眼，向我投來期盼的目光。唉，這下我還能有什麼辦法，只好妥協：「啊呀，好啦好啦！就讓你停下聞一會兒！不過可不能太久啊，不然我就會冷病了！」

我一邊等牠，一邊原地高抬腿，順便看看**海報**上究竟寫了什麼。

只見最底下是密室地址：神秘石丘113。那是在**工業園區**，也就是機場旁的荒地。我曾在網上讀到：奧提克斯計劃在那裏建造世界上最大的**遊樂場**，專門用於魔術表演，展示無與倫比的特效……

他打算把那裏取名為「奧提克斯魔術園」，不過，誰知道他究竟能從哪裏弄來這麼多錢支持這個計劃？

妙鼠城全新
密室逃脫
即將盛大開業。
歡迎光臨！

奧提克斯
密室逃脫
神秘石丘113

我正想得出神，突然，小麴條拉了拉狗繩。原來是牠想重新上路了！就這樣，我和牠一起跑了起來，終於來到公園。

我繞着樹木和草地跑了好幾圈，忍不住喘起粗氣。這時，小麴條突然叫了起來。

「汪！　　汪汪汪汪汪汪！

汪汪汪汪汪汪汪！」

我停下腳步，開始四處張望。奇怪！一隻鼠民的影子也沒有呀！可是，小麴條表現得越來越緊張……

直到這時，我才覺得有些不對勁……怎麼說呢，我覺得自己好像被跟蹤了！

究竟是誰在跟蹤我？

在公園裏，除了我，根本沒有其他老鼠呀！我越想越覺得心慌。

難道是因為從草地升起的**朦朧水汽**？

難道是因為清晨微弱的陽光投射出的長長影子？

又或者是因為奧提克斯神秘的表情，始終停留在我腦海裏？

在我附近，也就是草地邊緣，就只有一叢灌木，那是**假葉樹**。

突然，一把很輕的聲音傳了過來：「謝利連摩摩摩！快過來來來！」

我嚇得鬍鬚亂顫，尾巴亂搖！

誰？這是誰在說話？

嚇死鼠啦！

我頭也不回就撒腿往家的方向跑。小麪條呢，則對着道路盡頭的假葉樹越叫越大聲。

牠為什麼要對着灌木吠叫呢？

奇怪……

我拚命地**跑啊跑**，但奇怪的是，每次只要一轉彎，就總有灌木出現在周圍。

　　我以一千塊莫澤雷勒乳酪的名義發誓，我怎麼從來都沒發現，原來妙鼠城公園有那麼多的假葉樹灌木呀！

我上氣不接下氣，終於**跑回了家**！

我警覺地看了看周圍。幸好，就只有我一個，沒有誰跟蹤。

這時，我才不禁**鬆了一口氣**。

嘿嘿！平安到家了！

就在我開門時，又不自覺地回頭看了看。在我身後，我只看見……一叢假葉樹灌木！

突然之間，一個想法**閃過**我的腦海……不對啊！我從沒在家門口種過假葉樹灌木呀！

因為害怕，我的鬍鬚不禁**亂顫**起來。啊啊啊！這一切究竟是怎麼回事啊？！

寶貝，快開門！

　　我趕緊鑽進屋裏，鎖上大門。這時，一把聲音從門外傳來：「謝利連摩！謝利連摩摩！謝利連摩摩摩！」

　　咦？這不就是剛才那把聲音嗎？

　　呃啊啊！我又一次**嚇得**鬍鬚亂顫，尾巴亂搖！可是再想想，嗯⋯⋯這聲音怎麼這麼**熟悉**呢？

我以一千塊莫澤雷勒乳酪的名義發誓，這究竟是誰呢？！

　　只聽對方繼續說道：「謝利連摩！謝利連摩摩！謝利連摩摩摩！快！我有重要的事要告訴你你你！

　　我終於認出這把聲音了！原來是她！

　　這時，她開始大喊：「別以為我不知道你在家！快點，我真的有事要跟你說說說！別再磨蹭啦！」

　　我的臉刷地一下變得慘白。

　　那是我的鄰居蕾貝拉‧強壯鼠！她家在妙鼠城老鼠巷9號（沒錯，就在我家對面）……你們知道她從事什麼工作的嗎？

　　她開了一家事務所，名叫：「萬能蕾貝拉」。每次遇見她，她都會說自己有多了不起，能夠解決各種問題，無論在哪裏，無論什麼事！

　　看起來，她確實很厲害。你們知道嗎？她家

門前總是**大排長龍**，真的有許多老鼠來找她解決問題呢。

啊呀，還有件事我差點忘了告訴你們：無論**白天**還是**黑夜**，她隨時都可能來找我。每次她都理所當然地以為：我會放下手頭上的事情，陪她進行「不可能完成的任務」！

然後，那天早晨她又來了，非得逼我現身不可，嚷道：「你這個小甜心，我知道你在家。我可是從公園一路**跟蹤**過來的！」

我小心翼翼探出一點腦袋，想從窗戶這裏看看外面的情形，

她卻早已迫不及待，呼喚着：「我看見你了！快開門，寶貝！」

　　唉，真是什麼都逃不過蕾貝拉的眼睛！每次都這樣！

於是，我向小麵條做了個手勢，讓牠別作聲，保持安靜。小狗立刻明白了我的意思，和我一樣**貼**到大門後，還把尾巴夾在腳爪間。

我想通過防盜眼觀察外面的情況，誰知看到的居然是蕾貝拉瞪大的綠眼睛。她得意地喊道：「**被我抓住了吧？！**快開門！我真的有緊要事！」

這下，我貼門貼得更緊了，還拚命屏住呼吸。我對自己說：「不能開門，不能開，千萬不能開！這一次我再也不要惹麻煩，再也不要！」

沒錯！各位親愛的鼠民朋友，我必須告訴你們，我不知是哪兒得罪了蕾貝拉‧強壯鼠，只要她一出現，**我一定會有麻煩！**

「千萬別開門，」我繼續對自己說，「只要我**一動不動**，耐心等待，她遲早會放棄，然後離開！」

誰想到，她還是沒完沒了，嚷着：「快點，寶貝，快給我開門，請我吃頓早餐總可以吧！我胃口可好呢！別讓我在大街上這麼嚷嚷！我知道，你已經不想再陪我出動接任務。可是，這次真的有特殊情況。你得相信我……我真的沒騙你！」

我忍不住**歎了口氣**。

我就說嘛，蕾貝拉一定又想拉我去冒險。但這一次我就是不聽！我再也不要相信她了！不要不要不要！

她繼續喊道：「快點！我得告訴你一件……非常可……可怕的事！啊……而且……真的十萬……十萬火急……啊啊啊啊啊啊！」

就在這時，一聲可怕的撞擊聲響蓋過了她的喊叫。

砰！

我忍不住擔心起來。

到底發生了什麼事呀？

我趕緊把耳朵貼到門上，好聽得更清楚些。可是，我只能隱約聽見一些對話。

「啊啊啊啊，出事啦！」

「快叫救護車！」

「有一位紅頭髮的女鼠（說實話，她可真迷人）昏過去啦！」

「她突然感到身體不適，不知道具體原因，可能是

頭暈……」

「得趕緊給她急救⋯⋯快啊！」

「快來幫忙！」

這時，有誰敲了敲門，說道：「我們可以問問住在裏面的老鼠。你們看，門牌上寫着：『謝利連摩・史提頓』⋯⋯」

又一個聲音說道：「那個傢伙，啊，我是說那個老鼠，是不是一名？好像是經營《鼠民公報》的那位？」

另一個說道：「你是說謝利連摩・史提頓？啊，沒錯，就是他！」

「快，我們快問他要杯水！」

「他該不會無禮地拒絕我們吧？」

「要是不開門，那就說明他是個冷漠的傢伙！」

「快叫救護車！」

隨後，我便聽到救護車的鳴笛聲越來越近：

「咿嗚！咿嗚！咿嗚咿嗚！」

這時，我伸出手爪，靠近了大門把手。可是，馬上，我又猶豫了。我太了解蕾貝拉了，這已經不是她第一次耍花招騙我開門呢！

我看了看我的寵物小麵條：牠正一臉嚴肅嗅着門縫……你們看嘛，連牠也半信半疑呢！

可是，**敲門聲**並沒有停下。

「咚咚咚！再問一遍，有鼠民在家嗎？」

其實更讓我擔心的是，自始至終，我都沒聽見蕾貝拉的聲音。誰知道她究竟怎麼了……

我可是一位 **紳士鼠** 呢！要是有一名女鼠遇到困難，我卻見死不救，這怎麼說得過去呢！

就這樣，我終於說服了自己。

29

我解開大門的防盜門扣，然後……用鑰匙轉動起

我家大門打開了……

我深深吸了口氣……

輕輕摸了摸小麵條……

然後閉上雙眼，又一次陷入了懷疑……

我真的確定不會後悔嗎？

紅髮女鼠

門一打開，我就看見一位體形強健、精神抖擻的女鼠。只聽她**得意**地高喊：「被我抓住了吧？哈哈哈哈哈，我就知道你在家！」

接着，她便搖起頭來，一頭紅髮也跟着晃動，高姿態地說：「你怎麼還像塊莫澤雷勒乳酪一樣笨！我隨便想個法子，你就立刻**上釣！**」

我不禁咕嚕道：「我……你……那些老鼠怎麼都不見了呀！」

蕾貝拉咯咯笑了起來：「哪些老鼠？根本就只有我一個啦！」

我依然不敢相信：「那……剛才的……那救護車呢？」

她繼續壞笑着說：「呵呵呵，也是我！你難道忘了，說到模仿，老鼠島上有誰能比得過我呢！」

而我還是一臉困惑，結結巴巴地說：「那……怎可能……枉我還在擔心你是不是受傷了呢……」

她「噗嗤」一下又笑了：「噗，受傷？我會受傷？我可好得很呢！」

說着，蕾貝拉便向我一邊展示她手臂上的肌肉，一邊說：「你看見了嗎，嗯？倒是你這個小甜心，該多練練舉重才是！」

這時，她開始質問起我來：「為什麼你就是不肯開門，嗯？」

我不禁抗議說：「誰讓你假扮成假葉樹灌木，一路跟蹤我，害我嚇得差點昏倒……」

她卻大言不慚地說：「哎呀，多點腎上腺素有什麼不好！我可從沒見你跑得這麼快！嘻嘻嘻！」

接着，蕾貝拉以命令的口吻說道：「快讓我進來。我得跟你說件事！一件大事！」

我正想着怎樣找藉口拒絕，她已經「嗖」的一下衝了進來。只見她露出狡黠的笑容，然

後伸腿絆倒了我，再接着⋯⋯咔嗒！

我連滾帶爬翻了出去，她呢，快如閃電，已經把我鎖在了大門外！

我不禁尖叫：「咕吱吱！快開門！」

只聽她一臉壞笑，說：「啊，現在你也嘗到被關在門外的滋味了吧？不過，我可善良得很，才不像你⋯⋯」

她重新打開門，說道：「好了好了，快進來吧！這下你知道我有多好了吧？！」

哼！她的臉皮可真厚！這裏明明是我家！

只見她「嗖」的衝到我的沙發前，一點也不客氣就坐了下去。小麪條則跟在她身後，搖起了尾巴。

牠居然喜♥歡摳貝拉！

34

蕾貝拉喊道：「啊，我的小可愛，看看我給你帶了什麼……」

只見她從口袋裏掏出一塊骨頭形狀的**超級餅乾**。小麪條立刻跳到她腿上，揮舞起手爪。

趁小麪條啃着餅乾，她轉身看向我：「小甜心，我説，你難道就不好奇，我到底要跟你説什麼嗎？」

我嘟嘟囔囔：「我才不想聽！」

「你不想聽我也要告訴你，我今天之所以會過來，是因為發生了一件**奇怪**的事。我需要有朋友陪我一起去弄清問題。總之，我需要你！」

我沒好氣地説道：「你需要有誰陪你？為什麼不找個助理？」

只見她的臉上露出一絲**狡黠的神情**：「首先，聘請助理是要錢的。其次，你看你多帥。要是有這樣一隻老鼠陪在我身邊辦事，哪怕

只是擺設也好！而且，在某些情況下，你還能**派上用處**。畢竟你算是博學多才！」

我試圖抗議，她卻繼續說：「好了，你就不要推辭，為我想想嘛，小笨蛋！要是有你這樣的老鼠陪着，我**辦起事來**可方便多了！就連你妹妹菲也已經同意讓你做我的助理了，小甜心！」

我哇哇大叫：「拜託，別叫我『小笨蛋』，也別叫我『小甜心』。總之，別再叫我啦！」

她壞笑着説道：「嘻嘻嘻，『小甜心』這名字多可愛……」

　　她彈了彈我的臉蛋，然後把一個東西塞到了我的鼻孔下。呃啊，什麼東西這麼難聞嘛！

　　「來！**快嘗嘗這個紙杯蛋糕！**我剛烘焙的！這次我試用了**糖漬大蒜**。你不知道吧，這是你表弟賴皮給我的配方。我們遲早一起合作開一家餐廳，你覺得這想法怎麼樣？」

大蒜散發出的臭味簡直讓我頭暈，連一句話都說不出！可憐的小麵條也被**熏倒**在地上了。

蕾貝拉有些失望：「算了算了算了，你們的品味可真是不怎麼樣……」

這時，她又從包裹拿出另一塊蛋糕，以光速般塞進嘴裏，一邊咀嚼，一邊發出聲響：

嘖嘖嘖　嘖嘖嘖　嘖嘖嘖！

接着，她舔了舔鬍鬚，表現出一副美食家的樣子，說：「還算可口，但稱不上驚豔……味道不錯，不過還不夠豐富……尚算有點創意，但也談不上別出心裁……」

最後她失望地搖了搖頭，說道：「下回我得試試焦糖大蒜。寶貝，你說呢？」

我依然**兩腿發軟**：「我怎麼知道嘛……」

小麵條似乎恢復了些，但看起來還是暈暈乎乎的樣子：「啊嗚啊嗚啊嗚……」

這時，蕾貝拉終於打算進入正題了。她看起來就像一根快要爆發的彈簧呢。

在開始長篇大論之前，她先按住了我的手臂，生怕我逃跑。

「謝利連摩，你知道嗎？發生了一件**大事**！最關鍵的是，這還牽涉到……我對一個朋友許下的承諾！」

得知這是一件大事，還關係到她對朋友許下的諾言，我決定豎起耳朵，仔細聽她說。

「你是說**一個朋友**？那究竟是誰呢？我也認識嗎？」

蕾貝拉立刻掏出電話，打起字來。

隨後，她把手機拿到我面前。只見上面有一張**照片**，照片裏的老鼠很年輕。

「我說的就是他！朱尼爾·頂智鼠，老鼠島上最有名的解謎高手！你肯定不認識他，因為那些都是年輕鼠的玩意，像你這樣的，可不適合……」

朱尼爾·頂智鼠

這位打扮平凡的少年，性格靦腆低調，其實是老鼠島上最厲害的解謎高手。走在大街上，你一定不會注意到他。但在網絡世界，他可有一眾支持者呢！就算是再複雜的謎題，他都能以創紀錄的速度解開！

銀色扭計骰之謎

　　我以一千塊莫澤雷勒乳酪的名義發誓，終於有一回，輪到我讓蕾貝拉**吃驚**啦！

　　我得意地看向她，說道：「你是說朱尼爾·頂智鼠嗎？我當然認識！他有幾十萬，啊不，是幾百萬的網上追隨者呢，全都是熱愛解謎的老鼠！他可是現在最**厲害**的*解謎*專家！」

　　只見蕾貝拉聽罷吃驚得目瞪口呆，我則繼

續說道：「我還知道他的社交媒體帳號：Topor_Misterovero（頂智_解謎）！」

我不禁露出得意的笑容，她呢，則朝我**擠了擠眼**，説：「啊，不錯不錯！你倒是緊貼潮流資訊，嗯？雖然看起來一副書呆子的模樣，就連**鬍鬚**也是呆呆的樣子，但其實你一點也不落伍（還真是不容易發現），對吧？」

我不禁抗議説：「我當然緊貼潮流啦！我還沒跟你説呢，其實最近我正打算聯繫頂智鼠，想問問他是否願意和我們報社開展合作。我敢肯定，如果有個和解謎相關的專欄，他一定是最佳人選！」

她回應道：「好吧，我承認，是我**小看**了你。不過現在，你得豎起耳朵好好聽我説……」

她壓低嗓門，彷彿是在向我洩露秘密，悄聲説：「昨天**半夜**，我的電話響了三下。打給我

的正是他，朱尼爾·頂智鼠！」

我不解地問道：「這有什麼奇怪的呀？」

「奇怪的就是朱尼爾足足打了三次，但沒有一次是能聽清楚的，好像他打電話的地方接收訊號很差！」

我疑惑地看着她，她則繼續說：「試了幾次都不行，他就給我發了一條語音信息。可是，我完全聽不懂他在說什麼！他的聲音完全被響亮的「滴答聲」蓋住了，而且全是回聲，就好像是在一個密閉的空間裏一樣。收到這個信息後，我就覺得非常不安。寶貝，我不是跟你開玩笑啊！你等等，我正要把那條信息找出來。你聽着！」

她在手機上輕輕點擊了一下，很快一把聲音便傳了過來：「蕾貝拉拉……快……克斯……密室……逃脫脫……命啊啊啊！」

蕾貝拉直搖起頭，說道：「你聽見了嗎？尤

43

其是最後『命啊啊啊……』，讓我非常擔心！我總覺得朱尼爾一定是遇到了麻煩。你說呢？」

我不由渾身一顫。

「你要是想嚇我，那絕對得逞了！」

她一臉憂心忡忡的樣子，繼續說道：「唯一能聽清的話就是

她居高臨下地看著我，說道：「我敢打賭，你一定不知道這是什麼。我說得沒錯吧？」

我沒好氣地回答道：「對不起，你還真說錯了！我知道這是什麼！這可是現在相當流行的

娛樂活動。奧提克斯剛在妙鼠城裏經營了一家，就在今天開張！它在機場附近，具體位置是神秘石丘113！」

蕾貝拉笑了。她捏了捏我的鼻子，說道：「做得好，我的小甜心！一點沒讓我失望！」

可是很快，她又再次嚴肅起來：「總之，在收到短信後，我立刻去了朱尼爾家。」

我不禁問：「你到底是怎麼進去的呢？」

只見她拿出一串鑰匙。

「他是我最好的朋友，所以我有他家鑰匙！」

她停頓了片刻，繼續說道：「一進他家，我就立刻去檢查監察系統的攝影機。我發現朱尼爾和平時沒什麼兩樣：八點吃晚飯，九點進了臥室，在電腦前工作。沒什麼異常。」

這時，她舉起一根手爪，想引起我注意。

「但在十點的時候，他接到一通電話，只是我不知道是誰打來的。很快，**門鈴**就響了。他去開門。你猜，他在門前的擦鞋墊上發現了什麼？」

我沒好氣地說道：「我怎麼會知道呢？」

蕾貝拉的語氣裏多了一絲**神秘**：「在門前的擦鞋墊上，他找到了……這個！」

她一邊說着，一邊遞給我一個奇怪的銀色扭計骰，只見它散發着**耀眼的**光芒。

我用手爪不停擺弄着這個扭計骰。突然，我發現骰子上面有個按鈕，還有一個問號。

蕾貝拉接過扭計骰，按了下去。

就在這時，那骰子竟突然傳出了一把非常**陰森的**聲音說道：

這是一個特殊邀請，
僅僅發給優秀精英。
一切因你才華出眾，
收到邀請無上光榮。
全新場所等你挑戰，
別無其他只為魔術。
魔術大師精心傑作，
千載難逢怎能錯過！
但請千萬保守秘密，
務必做到隻字不提。
高手之間巔峯對決，
只與頂尖大師相約：
朱尼爾．頂智鼠！

蕾貝拉說道：「現在你明白了嗎？朱尼爾收到了這則資訊，要他去一個神秘的新**場所**。然後，他就急匆匆跑了出去！這個神秘的場所一定是奧提克斯的『密室逃脫』。那麼現在，我的小甜心，你是不是願意和我一起去調查：**我的朋友**究竟發生了什麼事？」

我思索了片刻，問道：「能讓我再看看他的照片嗎？」

蕾貝拉立刻把手機遞給我。我不禁仔細觀察起這位年輕的少年，朱尼爾·頂智鼠。

只見他長着一身棕色的毛皮，一對碩大的耳朵，眼神很溫和，還戴着眼鏡，看來像一名**學術青年**。

他身上穿着一件衞衣，上面印有：*Topor_Misterovero*的字樣。身上背着書包，露出一截滑板……還真是一個神秘的傢伙呢！

我不由歎了口氣，說道：「蕾貝拉……我怎麼忍心拒絕你呢？我已經準備好和你一起出發了。什麼時候走？」

只見她一把抱住我：「啊啊啊！我就知道，你有一顆善良的 **心**，甜得像蜜糖，柔軟得像馬斯卡彭乳酪，特別得像忌廉紙杯蛋糕……這可是我蕾貝拉・強壯鼠說的！」

接着，她**拉起我的耳朵**，朝廚房走去，大喊道：「我們吃完早餐再走。你知不知道，現在已經九點了！要想一整天都充滿能量，就得先吃上一頓豐盛早餐！我這就準備，你只管等着就行！」

就這樣，她開始**忙碌起來**。廚房裏的每一個抽屜都被她打開看了一遍，好像這是她自己家一樣。最後，一頓豐盛的早餐出現在了餐桌上，包括：有芳香撲鼻的熱茶、維他命滿滿的果汁、炒雞蛋、水煮蛋、芝士蛋餅、各式餅乾，還有濃郁的牛奶和優酪乳……對啦，就連小麵條也有一大碗磨碎的穀物呢！

不得不說，蕾貝拉真是位特別的女鼠：只要她腦海裏想到什麼，就一定能做到最好，因為……

她是全心全意去做的。

我們剛一吃完，她就說道：「小甜心，現在該幹正事了！我們要**迅速**解開這個謎題！把小麵條也帶上，也許牠能幫助我們。」

　　但我卻不想：這也太冒險了吧！

　　我輕輕撫摸起小狗，對牠說道：「你就別去啦！好好守着家裏，等我們回來！乖！」

　　小狗卻可憐巴巴地看着我，眼神裏盡是傷感。

　　這時，蕾貝拉已經**衝了出去**：「別磨蹭了，小甜心！沒有時間可以浪費啦！」

　　我最後想了想，還有什麼東西能幫我們開展調查呢？

　　她卻再次大喊：「快點，小甜心！還站在那兒幹什麼？每一分鐘都很寶貴！」

　　就這樣，我關上大門，騰地一下跳上了她的電單車。

對啦，我都忘了告訴你們，蕾貝拉有一輛電動**環保電單車**。為此，她可自豪啦！

　　她把頭盔遞給我，叮囑道：「快戴上，寶貝！出發發發發發！」

　　我不禁哀求道：「拜託拜託，別開太快！一**拐彎**我就會暈車啊！」

　　可是，她早已發動引擎，一溜煙衝了出去。

消失的首飾

　　此刻，妙鼠城的街道上已經**擠滿**很多老鼠，行色匆匆，趕去上班。蕾貝拉駛着電單車，從他們身邊呼嘯而過。

　　即使我倆都戴着頭盔，也能通過通訊系統和對方交流。於是，我對她說：「在去**神秘石丘**之前，你能不能先陪我去一趟《鼠民公報》編輯部呀？」

我得去看看是不是有什麼突發情況需要處理。自從《鼠民公報》加入了謝利連摩‧史提頓集團，我的工作一下多了兩倍呢！

　　蕾貝拉立刻來了個一百八十度大轉彎。我只好立刻閉上雙眼。啊啊啊，我真的受不了她這種風馳電掣的駕駛方式啊！

　　片刻之後，我突然回過神來，吃驚地問道：「我們已經到了？怎麼看起來不太像呢？」

　　只見她關閉引擎，示意我留在原地等她，並解釋說：「在通往史諾賓頓城堡的路口處，停着一隊警車。直覺告訴我，一定是發生了什麼大事。我去了解下情況。你在這兒等我。」

　　還沒等我開口，她就已經衝了出去。啊呀，根本就攔不住她呢！

　　幾分鐘後，她重新出現在我面前，而且已經**發動**了引擎。電單車一邊飛馳，她一邊告訴了

我剛才的發現。

「原來是發生了一宗驚天盜竊案，寶貝！史諾賓頓女伯爵昨晚上了電視，佩戴了家族流傳下的寶石，就像雞蛋一樣大。你明白了嗎？」

我回答道：「我明白！是『光之核』，那個系列裏最漂亮的一件首飾。我昨晚也在電視上看見了！當時她正在魔術師奧提克斯的直播節目做客。」

她不禁對我刮目相看，説：「不錯嘛，我的小甜心！今天你給我的驚喜真是一個接着一個！話説，你知道今天早上女伯爵醒來時，發生了什麼事嗎？她的首飾

居然不見了！小偷在原本存放首飾的地方留下了一個塑膠冒牌貨！哈，倒還挺幽默！」

我吃驚得差點跳起來：「但這一切究竟是怎麼發生的呀？」

「現在還不知道。警方正在**搜查**整座城堡，但一點線索也沒有。太奇怪了，是吧？看起來就像是一宗完美盜竊案，手法俐落高超，還有點神秘氣息⋯⋯這絕對是專業大盜作案的。」

就在這時，電單車已經來到了**謝利連摩·史提頓集團**樓下。於是，我騰地跳下車：「去去就來！」

我衝進大樓，沒想到和我的妹妹菲撞個正着。

「謝利連摩，編輯部裏大家都忙成了一團，你這都去哪兒了嘛？」

「不好意思，剛才我家來了個**不速之客**，

等我有空再跟你解釋。現在我得先去幫一個朋友的忙。這裏有什麼特別的急事需要處理嗎？」

菲回答道：「所有報紙、電台廣播、社交媒體，還有電視新聞，都在報導史諾賓頓盜竊案。你聽說了嗎？」

「當然！真是珠寶神偷案！但現在我可沒空管這個。」

於是，我便把蕾貝拉的事告訴了菲。得知我是要去幫助危難中的老鼠，她便立刻催我動身。

「快去吧，這裏交給我就行。記得要及時告訴我最新情況啊！如果有什麼需要幫忙的，叫我就行！」

我謝過她，便立刻跳上了電單車。蕾貝拉正等着我。

向神秘石丘

進發發發發發發！

她一邊駕駛飛馳，一邊問我：「寶貝，你擅長猜**謎語**嗎？」

我支支吾吾地回答：「這……還行吧……」

「要解開所有謎語，並成功從密室逃脫，『還行』可不夠。來，我這就讓你好好練練！」

就這樣，她一個謎語接着一個謎語地考我，想鍛煉我的思維能力。我以一千塊莫澤雷勒乳酪的名義發誓，那簡直是一場噩夢！！！

電單車在柏油路上**不停顛簸**；在我們四周，大卡車飛也似地呼嘯而過，小轎車也一輛接着一輛從我們身邊超過。因為害怕，我的尾巴也開始亂顫起來……

但蕾貝拉卻不依不饒，說：「你再試試這個吧。什麼東西可以穿過玻璃，但是不需要打碎玻璃？」

我**不假思索**地回答道：「這簡單！是

60

光！」

可是，她連一點喘息的機會也不給我。

「你已經為『密室逃脱』做好了準備嗎？你**小腦袋**裏的神經元反應夠快了嗎？來，再多來點練習，讓你的腦袋好好熱熱身！」

於是，她又扔給了我很多問題：

什麼東西永遠是熟的，還是灰色的，但是不能吃……②

什麼東西只有轉頭才能進入？①

誰有桂冠卻不是國王？③

我不禁尖叫：「夠啦！你説這麼快，誰能答得出呀！」

她卻大笑起來：「哈哈哈！這還算快呀，小

甜心。好了，現在來點**數學題**吧，這樣我才能知道自己鄰居的智商究竟是多少……」

我試圖阻止，但根本沒用：她已經說出了一連串的題目，就像一台勢不可擋的**壓路機！**

1. 托皮斯先生有4個女兒。每個女兒有1個哥哥。請問托皮斯一共有幾個孩子？

2. 在一個籃子裏放着許多雞蛋，而雞蛋數量每分鐘會翻一倍。一個小時後，籃子已經裝滿。請問裝滿一半的籃子，需要幾分鐘？

3. 一匹馬每邁一步的距離是半米。要走完一公里，牠得邁幾步？

我的腦袋就快爆炸啦！我本想回答，可是她的問題一個接着一個，我根本沒法專心思考啊！

「快點快點，**不許偷懶！**你要知道，我們

一旦進入密室，就只有一個小時解開所有謎題，否則根本找不到出口！」

　　我只能勉強集中精神。「三條謎語的答案是：1，螺絲釘；2，灰燼；3，公雞；三道數學題的答案是：1）**托皮斯先生**共有4個女兒和1個兒子，這個兒子是所有妹妹的哥哥。2）乍一看，籃子裏的**雞蛋**應該是在30分鐘後裝滿一半，但正確答案是59分鐘之後。3）**馬兒**要邁4,000步才能走完一公里，而不是2,000步，因為還得計算後腿，得乘以2才行！」

　　蕾貝拉滿意地笑了，說：「看呀看呀，我的鄰居小甜心真是越來越厲害了！照這麼下去，很快我就要認不出你了！**做得好，寶貝！**」

　　不知不覺中，我們已經穿過整座城市。

　　這時，已臨近中午，我們終於看見了遠處的神秘石丘。

我們又駛過很長一段崎嶇的山路。啊呀，真是難受死啦！突然，蕾貝拉一個**急剎車**。

只見有一塊牌子豎立在廣闊的荒地上，上面寫着：「**全球最大魔術遊樂園**即將在此落成。它將取名為『奧提克斯魔術園』，是史上最偉大魔術師奧提克斯的傑作！」

我們到達了！

漆黑一片的城堡

　　我們把電單車停好，然後觀察了下四周。在我們前方不遠處，有一幢奇怪的建築，**陰森森的**。它就好像一座微型城堡，但卻漆黑一片。可以看見許多尖頂、塔樓，甚至還有一扇木質大門。大門上方掛着一個大鐘，十分奪目。

　　蕾貝拉朝我擠了擠眼，說道：「你準備好了嗎，寶貝？我需要你**眼觀六路，耳聽八方，明白了嗎？**

說不定朱尼爾就被困在裏面！來吧！讓我們好好體驗一下密室逃脫遊戲！」

說着，蕾貝拉便邁開堅定的步伐。她看起來永遠充滿活力，彷彿清晨的玫瑰！真不知道她是怎麼做到的呢！再看看我，這一路顛簸，害我屁股都痛死了呢，只能跟跟蹌蹌跟在她身後。

再說，我心裏總有點怕怕的⋯⋯這地方讓我

有種**不詳的預感。**

　　蕾貝拉卻對我說：「我真是迫不及待想去會
會那個奧提姆斯……我想他應該不是什麼**可
惡的傢伙。**」

　　我不禁糾正：「要是我沒記錯，
他應該是叫奧提克斯啦！」

密室逃脫

她笑了：「你說的對，小甜心！我剛才是故意說錯的，就是為了考考你！今天你真是在不斷超越自己！做得好，我就喜歡這樣！」

　　就在這時，一陣狂風突然颳起，一團**煙塵**將我們團團圍住。我什麼也看不清，就只覺得有

個濕濕的東西在舔我的耳朵……我立刻尖叫起來：「呃啊！救命啊啊啊啊啊！」

　　這時，兩隻爪子又砸到我身上，像陣颶風一樣把我撲倒在地。

　　只聽蕾貝拉歡呼起來：「小麵條！**我的小可愛**，你怎麼來了？你是一路跟着我們的嗎？」

我的小麵條可真是做得好，永不放棄，就像我一樣！

不過，我還是有些**吃驚**：「小麵條！你怎麼會在這兒呢？你是怎麼把門打開的呀？」

蕾貝拉直搖起頭：「寶貝，我敢打賭，門不是他開的，一定是**你自己**忘了關門啦……」

刷地一下，我的臉已經漲得通紅，不禁咕嚕道：「呃……也許是……走得太急了……沒完全關上……」

只聽她沒好氣地說道：「一定是這樣！牠一定是看到大門虛掩着，就離開家一路跟着我們！不過這樣也好，牠能幫我們一起查案。對不對啊，小麵條？」

小麵條激動地**吠叫了起來**，還衝到密室前，想證明牠已經做好了一切準備。

這時，蕾貝拉湊到城堡的一座塔樓前，用手

爪敲了敲屋子牆身，說：「快看……這不是石頭做的。是**紙糊**的！」

主入口處掛着一塊牌子，看起來有點可怕，上面寫着：「小心老鼠！密室逃脫！前方危險！後果自負！」

但我們才不會因此退卻。

我們來到門前，發現又有一個驚喜在等着我們，原來上面掛着塊牌子，寫着：**暫停使用！**

我不禁喃喃說道：「要是這扇門『暫停使用』，我們沒法從這裏進去，要不……我們下次再來？現在已經是午飯時間了，不如去吃些點心怎麼樣？」

只聽蕾貝拉怒吼：「什麼？你這塊小莫澤雷勒乳酪！難道是想回到你家，做塊小三文治，在壁爐前讀本小書，然後躺到你最愛的小沙發上，還換上你的**小拖鞋**不成嗎？」

　　我也坦白道：「嗯……沒錯啦……嗯……要是能回家，那可太好了……」

　　她繼續提高嗓門，嚷嚷：「不行不行，我們來這裏是為了完成（幾乎）不可能的任務，你難道忘了嗎？我們是來拯救朱尼爾的！我們一定能成功，這可是蕾貝拉・強壯鼠說的！既然來了，就得一不做，二不休！」

　　也不知是哪兒來的興致，她居然一把將我抓住，即興跳起了搖滾舞，還打起響指。可是，她

踩到了我的腳。她的鞋跟太尖了啦，簡直痛得我**眼冒金星**！

我不禁尖叫：「嗚啊啊啊啊啊！」

蕾貝拉直搖起頭：「你真是一點節奏感也沒有，我的**小甜心**。等我們完成了這件任務，我得好好教教你怎麼跳舞……」

我連忙拒絕：「我才不要學什麼搖滾舞，我連想都不會去想！」

但她已經跑開，敲起門來：咚咚咚！

沒有反應。

她又**敲**了三下，而且更用力了。與此同時，她高喊道：「請問有老鼠在嗎？老闆在嗎？」

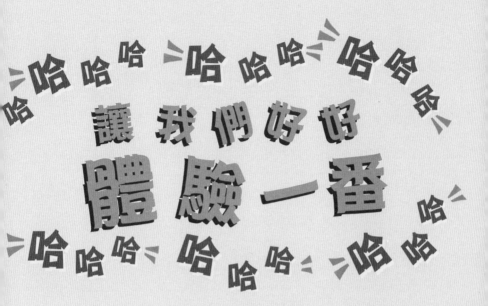

哈哈哈 哈哈哈 哈哈哈

讓我們好好

體驗一番

哈哈哈 哈哈 哈哈

屋子裏還是沒有任何應答。

這下她吼得更大聲了:「快開門門門門!快啊!我有事要説!」

只要蕾貝拉想做一件事,就一定會想方設法辦到。在無數次聲嘶力竭的喊叫之後,門的另一端終於有了動靜。那是鑰匙開鎖的聲音……

我還沒看見開門的是誰,蕾貝拉就已經反客

為主：「哎喲，你好啊！密室開放了嗎？快讓我們進去吧，快點！**我們想好好體驗一番！**今天我是和我男朋友一起來的！」

我立刻悄悄說道：「誰是你男朋友啊？」

她隨即馬上挽起我的手臂，彷彿我是她的**私人財產**。她的聲音一下又變得甜美起來，撒嬌說：「哎呀，到底能不能進去了嘛！我們都是解謎發燒友呢，對不對，小甜心？」

她假裝親吻我的臉頰，但實際上卻低聲威脅我，說：「你快說話啊！不然對方一定會看出我們是在**裝模作樣**！快！無論如何我們都得進去，明不明白？」

於是，我只好喊道：「啊，沒錯沒錯！我已經迫不及待了！昨晚我都興奮得睡不着覺呢！我們一定會玩得很開心……」

這時，她用手肘敲了敲我：「好啦，別太誇張啦！」

這時，終於有一位老鼠出現在大門前。只見他又高又瘦，身上裹着一件披風。

我一眼就認出了他：**奧提克斯！**

就和平時一樣，他說出的每句話都是押韻的：不好意思，請等下次。

我要吃飯，千金不辦！

蕾貝拉踩了踩我的腳爪，低聲說道：「真有意思……你聽見了沒，小甜心？『密室逃脫』就要開張，而這位朋友居然說他現在要去吃飯。要我說……

他可能有什麼不可告人的秘密！」

對方正要重新關上大門，蕾貝拉卻騰地跳上前去，一腳伸進門縫，然後一邊抽泣，一邊說

道：「不要啊，這位好心的先生！我可不想讓我的小甜心掃興啊！今天是他的　生日！　您怎麼忍心拒絕我們呢？求求您啦！」

　　奧提克斯卻不為所動：「不要再説，沒得商量！」

奧提克斯

　　誰也不清楚他的身世來歷，但自從他推出《奧提克斯魔法秀》這電視節目，老鼠島上就再也沒有誰錯過任何一集。即使有些老鼠一開始不屑一顧，最後也都被他的戲法和87術深深吸引！他到底有什麼秘訣呢？

蕾貝拉又踩了我一腳，這一回是左邊：「你愣在那兒幹什麼？快想想辦法啊！」

我又不能像她那樣，說哭就哭。不過，她剛才那一腳踩得真重，痛得我眼淚直流。所以，我便不自覺地叫了起來：「嗚啊啊！求求你，幫幫忙吧！」

蕾貝拉趁機說道：「我們一定會很快過關的。我們都是解謎專家，尤其是我男朋友。總之，您讓我們進去，只需要一顫鬍鬚的功夫，我們就能出來！要付多少錢，只要你開口就行！」

奧提克斯已經火冒三丈：「我已經說了，不行！」

蕾貝拉卻假裝沒聽懂：「你說什麼，先生？『行』，是嗎？」

不等對方回答，她的另一隻腳爪已經跨過門檻，騰地跳了進去，還把我也一起拉了進去。

「砰」的一聲，大門已在我們身後關上，而在我們眼前的，只有一片漆黑。

只聽奧提克斯惡狠狠地說道：「既然你們一意孤行，就休怪我毫不留情！」

只聽他用鑰匙鎖了兩圈，還發出陰森的笑聲：「哈哈哈哈哈哈哈！」

他的聲音久久迴蕩在黑暗裏。

我害怕極了，轉身看向蕾貝拉，擠出一絲聲音，說：「你說，我們是已經在密室裏了嗎？啊？」

蕾貝拉沒好氣地回答：「不然呢？難道是在我家後面的健身房裏練舉重？還是在網球俱樂部裏打雙打比賽？快醒醒吧，寶貝！」

只見她先是打開手機上的手電筒，隨後又點亮了一個燭台。終於有光啦！

現在我們能看清楚周圍的環境了，這真是一個奇怪的地方，陰森森的呢……

　　我不由渾身一顫……

　　但我真的來不及想太多，因為這時，一個**貓頭鷹木雕**從牆上的報時鐘裏冒了出來，説道：「距離遊戲結束還剩六十分鐘，請速速行動！」

　　隨後，時鐘便開始「滴答滴答」響了起來，聽得我心裏發慌：「**滴答──滴答──滴答！**」

　　小麵條也開始吠叫個不停：牠可一點兒也不喜歡這隻貓頭鷹，打從第一眼就不喜歡……

開始解謎

蕾貝拉笑着説道:「啊,現在終於可以好好玩了!我倒要看看這間密室究竟有什麼特別之處!」

我卻嚇得 **渾身發抖**:「你難道一點也不害怕嗎?我們被奧提克斯鎖在屋裏了呢……」

她有些不耐煩了:「你還真是一塊小莫澤雷勒乳酪!廢話少説,趕快行動!」

我不解地看向她：什麼行動呀？*連一塊乳酪皮都沒弄明白呢！*

蕾貝拉無奈地歎了口氣，說道：「我看你還稀里糊塗的，寶貝！你不會真以為我們是來這兒玩遊戲的吧？別忘了，我們是來找朱尼爾的！什麼生日啦，談戀愛啦，都只是幌子！你可別當真啦！」

說完，她便開始四處察看。不論是任何物品，她都會拿起來，看看是不是隱藏了什麼重要線索。

可是很快，貓頭鷹又鑽了出來：

「*現在已經過去了五分鐘，居然一個謎題也沒猜中！*」

小麵條又衝貓頭鷹吠叫了起來，可它卻毫不在乎，繼續**說道**：

「*還有許多未解謎題，*

84

你們居然一點不急！

只有全部解開，

你們才能安全離開……

以下第一題，

務必仔細聽！

什麼東西生來又高又大，

可年紀越大，

它就變得越小……」

蕾貝拉咕嚕道：「也許我們就該把這當成遊戲，說不定能更容易找到朱尼爾。說不定他也**經歷**過這一關。」

說得有理！

於是，我們開始仔細思考，然後異口同聲地喊道：「是蠟燭！快去找！」

我的手爪正握着**燭台**，於是我想：要不看看它的底座？果然，我發現了第二條謎語！

85

要吃東西就得買它，

可它從來不會被吃。

要繼續玩這個遊戲，

請記住4這個數字。

這比剛才那條可更難多了呢……

我努力集中精神，可是……我一聽到那個可怕的「滴答滴答」聲音，就立刻 **緊張** 起來！

我不知道究竟該怎麼辦，於是開始胡亂翻找……

這時，蕾貝拉喊住了我：「站住，寶貝！你看你，都緊張成什麼樣了！這可不行！因為你的腦子根本 **不轉了** ，罷工了！你先停下喘口氣，恢復精神。不然，你根本什麼忙都幫不上！」

她說得沒錯！於是，我不再東張西望，而是深深呼吸了一口，聚精會神思考那條謎語。有了！「也許是……盤子？」

蕾貝拉不禁拍手叫好：「這樣我才喜歡嘛，小甜心！你看，我就知道帶上你一定沒錯！」

於是，我們拿起瓷碟，發現下面藏着第三條謎語！

它有四條腿，

但是不會走。

務必記住9！

蕾貝拉想了想，然後大喊：「我知道了！是桌子！」

我們趕緊檢查桌子，發現在一條枱腳下，寫着一個很小的2……

蕾貝拉騰地跳了起來：「我明白了，我們得把重點放在這三個數字上：4，9，2。它們到底有什麼用處呢？難道是可以打開什麼東西？」

我們立刻跑到保險箱前，輸入這三個數位：4，9，2……門居然真的打開了：「咔噠！」

只見保險箱裏放着一卷羊皮紙，上面寫着第四條謎語！

它又窄又長，

是根魔法棒！

我們開始搜尋每一個角落。與此同時，那座報時鐘也繼續**響個不停**：滴答滴答！

啊，我快受不了啦！就在這時，我突然想起了，這聲音我聽過的呀……是在哪兒呢？

我努力想啊想，啊，原來如此！「朱尼爾！是朱尼爾的語音**信息**！」

蕾貝拉打了個響指，興奮地喊道：「太棒了，寶貝！這可是一個重大進展！現在我們要集中精力，實現目標，找到**我朋令**！」

我開始推理着説：「如果語音信息裏的『滴答聲』這麼響亮，那就説明當時朱尼爾應該就在這附近……」

我們**四處察看**，最後將目光落在了前方靠牆的櫃子上。蕾貝拉說道：「快！」

我們趕緊打開櫥櫃門，裏裏外外全都找了一遍，但什麼也沒發現……

時鐘繼續滴答響個不停。這時，小麵條突然吠了起來。牠是衝着地板在叫！

蕾貝拉**輕輕摸了摸**牠，說道：「小麵條！怎麼了？是不是有什麼新發現？趕快告訴蕾貝拉吧！」

就在這時，我垂下視線，發現地上有一張圖紙，上面畫了一座**巨型迷宮**！

我們仔細研究起來，發現有一個箭頭指向了牆上的橢圓形鏡子。

我按了按……「咖嗒！」鏡子像被施了魔法一樣，居然打開了，裏面是一條秘密通道，通向另一個房間！

蕾貝拉不禁歡呼：「我的小聰明，你真是做得好！」

她温柔地彈了彈我的鬍鬚，然後拉着我走了進去。

和剛才那個房間不同，這裏幾乎空空如也：只有一個桃心花木的大箱子放在中央，還上了鎖。

這時，貓頭鷹又叫了起來：

「要是你們耐心敲敲，會有東西吵吵鬧鬧！」

於是，我們便敲了敲箱子，想知道裏面是不是真有東西。我們聽見的，一種悶悶的聲音⋯⋯

我們又去敲了敲房門，也沒反應⋯⋯

這時，我突然有了主意：「試試敲牆！也許朱尼爾是被困在一條秘密通道裏呢⋯⋯」

蕾貝拉跳了起來：「你怎麼這麼聰明，小甜心！不過，你也別太得意啦。要說解謎，我還是

比你強些！」

　　就這樣，我們開始擊打起牆面。突然，一扇隱形小門打開了。

　　蕾貝拉興奮地大喊：「太棒啦啦啦啦啦啦啦！快，小甜心，快！今天你真是立了大功！」

　　就這樣，我們沿着秘密通道，進入了一間**陰暗的屋子**。

　　屋子中央擺着一把年代久遠的寶座，而像根香腸一樣被綁在上面的，正是朱尼爾·頂智鼠。

兩扇門

　　我們立刻衝上前去為朱尼爾頂智鼠鬆綁。他不禁喊道：「蕾貝拉！我就知道你會來救我！謝謝！」

　　蕾貝拉卻輕描淡寫地說道：「**朋友之間，客氣什麼**！再說了，之所以能找到你，都是因為謝利連摩！你認識他嗎？雖然他看起來傻傻的，關鍵時刻還真是讓我驚喜?!」

我和朱尼爾握了握手爪，接着他便把全部經過一五一十告訴了我們。

　　「從昨晚開始，我就一直被關在這裏。奧提克斯用一封特別的邀請信把我引來這兒，想讓我**第一個**嘗試體驗他那即將開張的『密室逃脫』。如果我能以破紀錄的時間闖到出口，他就會聘請我擔任他的顧問……」

　　蕾貝拉回應道：「奧提克斯還真是了解朱尼爾的弱點呢！謝利連摩，你知道嗎？雖然朱尼爾看起來並不起眼，但實際上他可厲害了！**永遠不要挑戰他！**」

　　朱尼爾笑了笑，繼續說道：「這不是重點，蕾貝拉。在我找到了魔法棒後，我發現手柄上的水晶過分耀眼，便仔細查看了一番，結果……」

　　蕾貝拉迫不及待地問道：「結果怎麼樣？」

朱尼爾回答道：「結果發現，那居然是一顆鑽石，不，應該說，是那顆鑽石！」

蕾貝拉不禁跳了起來：「什麼什麼什麼？該不會是『光之核』吧？是奧提克斯偷的？而且就藏在這兒？藏在他的老巢？那隻可惡的老鼠可真夠狡猾的！」

朱尼爾點了點頭：「沒錯！他把鑽石鑲到了魔法棒上！他可能以為，沒有誰會仔細看，會懷疑他。但他不知道，除了解謎，我對寶石也很有研究！而且，就在不久之前，我還剛在電視上看見過：史諾賓頓女伯爵在奧提克斯魔法秀上佩戴的，就是那枚鑽石……」

我嚇得目瞪口呆，但還是問道：「那之後你做了什麼？」

朱尼爾回答：「我把寶石藏了起來，假裝

什麼也沒發生。」

我們紛紛向他投去崇拜的目光，他則繼續說道：「我想打給蕾貝拉，但手機出了問題。當我來到這間屋子時，奧提克斯突然出現了。他透過閉路電視的**攝影機**看見我把鑽石拆了下來，要求我把『光之核』還給他。但是他並沒有看見我把寶石藏在哪裏，所以就把我綁了起來。」

蕾貝拉不禁問：「那個狡猾的傢伙是想逼你說出收藏寶石的地點，是不是？」

朱尼爾點了點頭：「他逼問了好幾小時，但我就是不說。後來，幸虧**門鈴**響了，他才去開了門。」

蕾貝拉叫了起來：「那是我們在按門鈴啊！做得好，寶貝！現在我們唯一需要做的，就是想辦法離開這裏。小甜心，你有什麼想法？」

刷地一下，我的臉色已經變得慘白：「什麼什麼什麼？難道你們不知道該怎麼離開這兒？可是……以你們的解謎經驗，這應該是

「小菜一碟」，小意思啊！難道……不是？」

蕾貝拉不禁叫了起來：「我親愛的小甜心，這還真不是小菜一碟！再說了，你也不能飯來張口、衣來伸手！好好開動你的小腦筋！我們現在出不去，被那個狡猾的奧提克斯關在這裏，還發現他是個小偷。情況可不妙，一點也不妙！」

就在這時，一把神秘的聲音在房間響起，還久久迴蕩。是奧提克斯！

「你們還想着出去，

真是天真又有趣！

如果不把寶石還我，

就別指望我會放過！」

朱尼爾回應道：「奧提克斯，你可別小看我們！」

接着，他便轉身對我們悄悄説道：「我被綁在這兒的時候，已經仔細觀察過這間屋子。這裏有**兩扇緊閉的大門**，你們看見了嗎？在金色的門上，寫着：『*此處沒有出口！*』，而在銀色的門上，則寫着：『*在這兩扇門中，有一扇通向出口！*』。只有一塊牌子提供正確的指示……要出去，只要**解開這條謎語**就行！」

我不禁渾身一顫，發現就連蕾貝拉也變得面色慘白，雖然她還像以前一樣，一副不肯認輸的

樣子。「就這麼簡單？我還以為是什麼難題呢！等我一下，讓我集中精神好好思考……」

　　這時，小麵條湊到兩扇門前，分別聞了聞。可是，就連他也完全分不清呢。

　　朱尼爾沉默了片刻，隨後喊道：「有了！銀色大門上的牌子說的是真相！因為兩扇門中的其中一扇確實通往出口。這就說明，金色大門上的牌子在說謊。既然那上面說後面沒有出口，那麼相反的情況才是事實：出口就在……金色大門後！」

地震啦！

我們剛一逃出密室，就聽見奧提克斯的**怒吼聲**從我們身後傳來：「什麼？這根本不可能被識破！」

我們又聽見房門一扇接着一扇「砰」一聲關上。一定是奧提克斯在追趕我們！他絕不會允許我們帶着朱尼爾和那顆鑽石**逃跑**！

片刻之後，伴隨着一陣煙霧和一圈圈金色的

火花，奧提克斯戲劇性地出現在我們的面前。此時，他已經**火冒三丈！**

「我花了這麼多力氣，
就是為了大賺一筆！
我要遊樂場興旺，
你們卻把一切攪黃！
不過別癡心妄想，
我才不可能投降！
我要讓你們止步不前，
因為我知道怎樣催眠！」

他用富有磁性的聲音開始喃喃說道：「是不是很睏……很睏……很睏……謝利連摩·史提頓……蕾貝拉·強壯鼠……朱尼爾·頂智鼠……你們都很睏……很睏……睏……」

我只覺得一陣頭暈目眩，然後就越來越睏，只想睡覺。而蕾貝拉和朱尼爾也開始搖搖晃晃，彷彿就要睡着。

就在這時，一團雪白的小毛球突然撲向奧提克斯，還大叫道：「汪！汪汪！汪汪汪汪！」

是小麵條，我的**忠實伙伴**！

牠沒被催眠影響！

最後，奧提克斯自己癱倒在地，而蕾貝拉、朱尼爾和我都突然清醒了過來。

蕾貝拉不禁歡呼：「你這喪心病狂的魔術師，還想建什麼遊樂場，我看把你扔進監獄還差不多！狡猾的傢伙，你以後只能透過**鐵窗**看太陽！」

快如閃電，她已經給他銬上了手銬：一隻銬在手腕上，另一隻則銬在電單車上。

「看你往哪逃！大魔術師，喜不喜歡這輛電單車？但願你喜歡！因為它會直接把你送進監獄！**好好享受吧！**」

然而，奧提克斯還想耍花招。只見他舉起雙手，笑着說道：

「哪裏還有手銬？

難道是你在開玩笑？」

蕾貝拉不禁嚇得目瞪口呆。她看着手銬一點點消失，一下慌了：「這⋯⋯這⋯⋯這⋯⋯你是怎麼解開的？」

　　只見奧提克斯**露出輕蔑的微笑**，說：

「我有無窮天賦，

會的不止一項魔術。

現在我要重新催眠，

讓你們忘掉一切所見！」

　　他的聲音彷彿有一股神奇的力量。我的腦袋又開始**暈了起來**，眼皮也慢慢垂了下來⋯⋯

　　但蕾貝拉卻機靈得很！只聽她衝我大喊：「快把耳朵捂住，小甜心！你就會馬上發現，他的聲音不會起作用！還有你，朱尼爾！快！」

　　我們立刻照做。真的管用呢！

　　蕾貝拉轉身看向奧提克斯，說：「帥哥，看

見了嗎？看！你的小把戲、小咒語，現在都不管用了！」

奧提克斯這才意識到他已無法再控制我們，氣得一下漲紅了臉。

他知道，除了 逃跑，已經別無選擇。

只見他裹上黑色的絲質披風，越過了密室旁的噴泉。

我不禁尖叫；「啊！這麼說，他真的能在水上行走呀！」

蕾貝拉卻不以為然：「哼，我看，這不過就是他的另一個把戲……」

說完，她便騰地衝向噴泉另一端，伸出腳爪，絆倒了奧提克斯……只見他腦袋朝下，狠狠砸進了水裏。

這下還不清楚了！原來，在他的電視節目裏，其實每次都有隱形梯級藏在水下呢……

奧提克斯又想飛上天。只見他鈎上**隱形繩索**，直通城堡頂樓。然而，蕾貝拉早就識破，一腳踩住繩子，讓他「砰」一聲掉在地上。可惜最後，他還是成功逃脫，直奔妙鼠城機場去了。

我們想追，但他卻躲在**一團煙霧**裏，憑空消失了一般。就在這時，大地開始顫動，還發出一聲巨響。一道深淵開出在地面，把整個密室吞了進去。

直到**地震**過去，我們才意識到奧提克斯又一次騙過了我們！

一日之計在於晨

　　一周後的清晨六點，我正在牀上呼呼大睡，突然，門鈴**響了**。「叮咚！叮咚！」

　　我的小狗小麵條立刻吠了起來。

　　我以一千塊莫澤雷勒乳酪的名義發誓，會是誰呀？！

我迷迷糊糊跳下牀去開門：「咕吱吱！怎麼回事呀？這麼早究竟是誰啊！」

只聽兩個興奮的聲音從門外傳來：「開門，謝利連摩！快開門！我們有一個驚天大想法，得趕快告訴你！你聽見了嗎？我們得好好談談！」

我立刻聽了出來：那是蕾貝拉·強壯鼠和朱尼爾·頂智鼠！

只聽朱尼爾說：「嘿嘿，謝利連摩，你別耍花招了。我們剛把一條光纖電線從門底下伸進來，你的一舉一動，我們都看得一清二楚！」

他邊笑邊繼續說道：「你現在正穿着睡衣，上面印有許多乳酪片圖案。口袋這裏還繡了一個英文字母G。現在你相信了吧！還有，你的腳上穿着保暖拖鞋……謝利連摩，你這身打扮到底從哪兒買的呀？」

「這個嘛……睡衣是麗萍姑媽送給我的生日禮物，拖鞋也是。誰讓我和麗萍姑媽的感情這麼好呢……可是，這一大早的，你為什麼要和我說這些呀？！」

只聽他倆異口同聲地喊道：「說來話長！快開門！」

在我們為史諾賓頓女伯爵破了鑽石盜竊案之後，我就一直**忙着**謝利連摩‧史提頓集團裏的事：不是寫文章，做採訪，就是拍影片。我都很久沒見到他倆啦！

於是，我一邊示意小麪條安靜，一邊打開了我家大門。

他們一定是有什麼**急事**要告訴我。

其實，我也不知道自己是該高興還是擔心。誰知道蕾貝拉又會製造什麼「驚喜」，更別說現在又多了一個朱尼爾！

他們一進門，就把我圍住，興奮地說：「我們有個超級天才的想法，準備拍一個精彩的**電視連續劇！**你知道主題是什麼嗎？那就是有一個很屬害的魔術師，能變許多神奇戲法。有一天，他綁架了一位年輕的解謎天才，還

把他囚禁在自己的密室，但是最後，這名天才成功獲救，這多虧了一位魅力四射的……

破案專家！」

　　我不禁咕噥着説：「這不就是我們之前經歷的拯救行動嘛！」

　　他倆不禁在鬍鬚底下露出壞笑，説：「當然啦！這個連續劇一定會在妙鼠城大獲成功的。照我們推測，至少能製作出四輯！到時候一定會有盛大的宣傳活動，還有成羣結隊的支持者追星……這難道不是你夢寐以求的場面嗎？謝利連摩，老實説，你是不是一直都想成名！」

113

我直搖起頭：「我可不想。總之，我現在要回牀上睡覺。這周我實在忙壞了，現在一定要好好補覺。要是你們不介意，這件事我們以後再說……」

　　蕾貝拉卻朝我眨了眨眼，然後 **一股腦兒** 躺到了我的沙發上。

　　「寶貝，我知道，這個消息太突然，你需要時間消化。不過，相信我，這想法絕對天才！」

我不禁抗議：「那也一定是個**燒錢**的想法！誰來製作？你們想過沒有？」

　　她不禁露出得意的表情：「我就知道你會這麼說，製作人當然是你啦！對謝利連摩‧史提頓集團來說，這是一個**天大的機會！**」

　　我窩在沙發裏，一個字也說不出，而她呢，居然已經啃完了我剛剛才買來的巧克力夾心糖（還是馬斯卡彭乳酪口味的呢！），而且居然還把腳爪擱在麗萍姑媽親手縫製的靠枕上！唉，幸好麗萍姑媽沒有看見……

　　另一邊，朱尼爾已經在對着我的睡衣開始**拍照**，想把照片發布到互聯網上，讓大家猜謎：

「身穿黃色乳酪片睡衣，腳踩保暖拖鞋，大家猜猜這到底是誰？」接着，他又衝到我的電腦前，「劈里啪啦」打起鍵盤，搜些稀奇古怪的東西，說是為了電視劇宣傳。與此同時，他還啃起了我最心愛的巧克力夾心糖（糖漬莫澤雷勒乳酪口味的）。那也是麗萍姑媽送給我的呢！

啊！對我來說這簡直是場噩夢！不過幸好，小麵條救了我。

只聽小狗大叫起來，還銜起門口的狗繩。

啊哈！是時候出門跑步啦！好朋友已在呼喚，怎麼可以讓牠失望！

就這樣，我立刻換了衣服，然後把蕾貝拉和朱尼爾都推了出去。

啊，又能在早晨清新的空氣裏**好好跑步**啦！這可真是太美妙了呢！

這是開啟全新一天的最佳方式。史提頓説的！*謝利連摩·史提頓！*

117

如何成為心靈手巧的魔術師？

你知道嗎

大家想不想學習魔術和戲法，在小伙伴面前好好表現一番？其實許多的書本和網站都有相關的介紹。不過，要想真正征服觀眾，還得聽聽我的建議！

1. 熟能生巧：在表演魔術前，一定要**完全掌握整個過程，**必須確保手法熟練，做到萬無一失。

2. 自我觀察：在鏡子前反覆訓練，看着鏡子中的自己，大家就會明白觀眾會看到什麼。只有這樣，才能確保每一個細節都做到最好。

3. 吸引別人注意：

學會用**目光**引導觀眾
的注意力，讓他們關注和
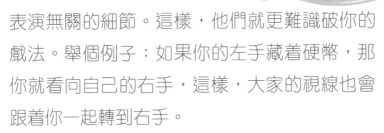
表演無關的細節。這樣，他們就更難識破你的
戲法。舉個例子：如果你的左手藏着硬幣，那
你就看向自己的右手，這樣，大家的視線也會
跟着你一起轉到右手。

4. 精選道具：精心挑選表演**道具**，必須確保

道具大小適合你的雙手大小，避免它們掉落，
或是不小心從你隱藏的地方裏冒出來。

　　只要按照這些建議去做，我敢保證，你們
的演出一定大獲成功！

　　相信史提頓！

謝利連摩・史提頓！

故事講完啦，你們都喜歡嗎？

告訴你們一個小秘密：每天開始工作前，我都會先和小麵條出去散步，而我的靈感，都是在那時出現的呢！

妙鼠城

你能在地圖上找出故事中「密室逃脫」遊戲的地點嗎？

親愛的鼠迷朋友，
下次再見！

謝利連摩・史提頓

Geronimo Stilton

老鼠記者 Geronimo Stilton

與老鼠記者一起
歷奇探險走天下!